ナミキ区《く》フジミ町《ちょう》マップ

発明《はつめい》クラブが解説《かいせつ》。町《まち》の名前《なまえ》は富士山《ふじさん》が見《み》えることからつきました。

2045年《ねん》、ほんのちょっと先《さき》の未来《みらい》。
人類《じんるい》は、太陽《たいよう》の光《ひかり》だけでなく月《つき》の光《ひかり》を電気《でんき》に
かえることにも成功《せいこう》し、たくさんのエネルギーを手《て》にいれました。
空《そら》の線路《せんろ》を走《はし》るスカイレール、
ドローンの宅配便《たくはいびん》、全自動《ぜんじどう》コンビニなど、
あたらしいモノがたくさん生《う》まれました。
そんな世《よ》の中《なか》で平成《へいせい》のなごりを残《のこ》す「フジミ商店街《しょうてんがい》」は
アナログとデジタルが合体《がったい》しためずらしい街《まち》です。

ガジェット発明《はつめい》ヒカル

電子《でんし》怪《かい》人《じん》テレビ男《おとこ》あらわる！

作《さく》・絵《え》 栗原《くりはら》 吉治《よしばる》

岩崎書店

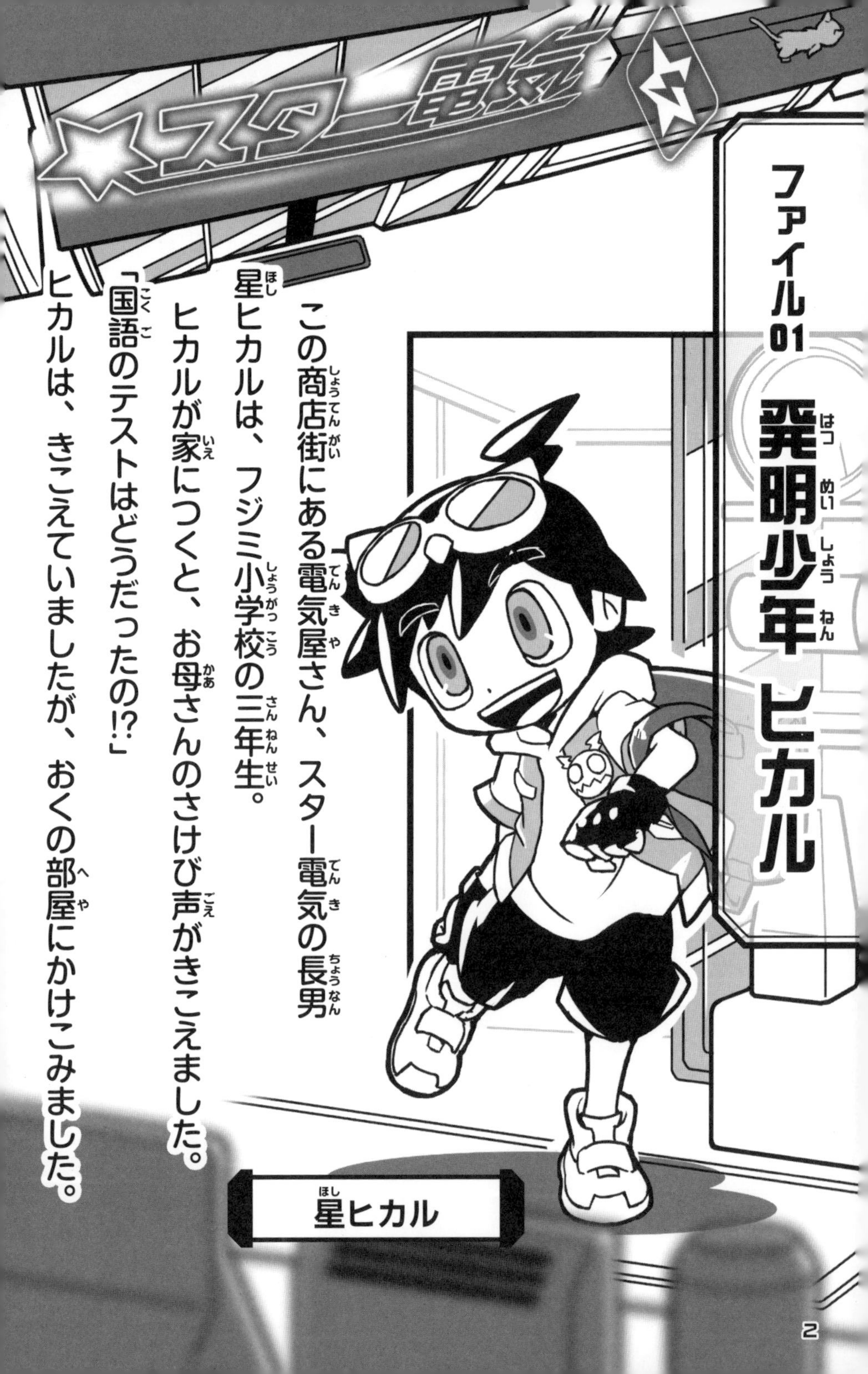

ファイル01 発明少年《はつめいしょうねん》 ヒカル

この商店街《しょうてんがい》にある電気屋《でんきや》さん、スター電気《でんき》の長男《ちょうなん》星《ほし》ヒカルは、フジミ小学校《しょうがっこう》の三年生《さんねんせい》。

ヒカルが家《いえ》につくと、お母《かあ》さんのさけび声《ごえ》がきこえました。

「国語《こくご》のテストはどうだったの!?」

ヒカルは、きこえていましたが、おくの部屋《へや》にかけこみました。

お店《みせ》のおくに、ホコリをかぶった
20世紀《せいき》のテレビがあります。ダイヤルをまわし
星《ほし》のマークにあわせて画面《がめん》に手《て》をつくと、
中《なか》へすいこまれていきます。
ヒカルが改造《かいぞう》したトンネルテレビです。

むかしのテレビはリモコンはなく、ダイヤルをまわしてチャンネルをかえたんだ。映像《えいぞう》は白黒《しろくろ》だったらしい。

HIKARU LABO
ニッパー
またせたね！
ねえねえ、
サイダー
のみたいワン
ニッパー

トンネルテレビをぬけると、ヒカルが発明品《はつめいひん》をつくる部屋《へや》
ヒカルラボにつきました。20世紀《せいき》の家電製品《かでんせいひん》やマンガ、
オモチャ、伝記《でんき》の本《ほん》がゴチャゴチャにおかれ、
部屋《へや》のすみにはペットボトルの山《やま》があります。
ヒカルはいつも、かたづけをせずに、つぎの作業《さぎょう》をするので
相棒《あいぼう》の犬型《いぬがた》ロボットニッパーが、かたづけをしていました。

ヒカルラボにあるものすべてが、これからつくる発明品《はつめいひん》の
材料《ざいりょう》になるはずです…たぶん。

ヒカルのガジェット発明研究所《はつめいけんきゅうじょ》　ヒカルラボ

発明品《はつめいひん》を生《う》み出《だ》す、ヒカルだけの秘密部屋《ひみつべや》。

■部屋《へや》の広《ひろ》さ　10畳《じょう》
■高《たか》さ　2メートル

ガジェットとは？

「道具《どうぐ》や機械《きかい》、装置《そうち》」という意味《いみ》です。あたらしいデジタル機器《きき》やアプリの意味《いみ》もあります。

尊敬《そんけい》する人《ひと》

発明王《はつめいおう》エジソン！（1847年《ねん》～1931年《ねん》）
1000 以上《いじょう》の発明《はつめい》をしたという記事《きじ》を読《よ》んで感動《かんどう》したからです。

■ヒカルの発明品《はつめいひん》はつくりかけのものがまだ50個《こ》はあるそうです

フクロウゴーグル

人間《にんげん》の10倍《ばい》の感度《かんど》があるというフクロウの目《め》をヒントに発明《はつめい》。10メートル先《さき》の暗《くら》い場所《ばしょ》もハッキリ見《み》えます。ほかにも昆虫《こんちゅう》や魚《さかな》のゴーグルもあるとか…。

ガジェットガン

ヒカルが発明品《はつめいひん》をつくるときにつかう工具《こうぐ》。かんたんにモノをくっつけたり、切《き》りはなしたりできる万能《ばんのう》ツールです。

机《つくえ》の上《うえ》にはヒカルの発明品《はつめいひん》を
うごかすためのヒカル電池《でんち》が
ころがっていました。１個《こ》をつかみ
「がんばってうごかしてくれよ」と
はなしかけると、ヒカル電池《でんち》はまかせろと
いわんばかりのキリッとした表情《ひょうじょう》を
しました。

ヒカルの発明《はつめい》ガジェット　ヒカル電池《でんち》

ヒカルの発明品《はつめいひん》をうごかすエネルギー源《げん》！

電池《でんち》なのに性格《せいかく》がある!?

■高《たか》さ　5センチ
■幅《はば》　2センチ
■重《おも》さ　10グラム

ヒカル電池《でんち》1号《ごう》
性格《せいかく》：元気《げんき》

ヒカル電池《でんち》2号《ごう》
性格《せいかく》：まじめ

ヒカル電池《でんち》3号《ごう》
性格《せいかく》：やんちゃ

ヒカル電池《でんち》4号《ごう》
性格《せいかく》：甘《あま》えん坊《ぼう》

発明品《はつめいひん》にセットすると
ガジェットに命《いのち》がふきこまれ
ヒカル電池《でんち》の性格《せいかく》が反映《はんえい》されます。

ヒカル電池《でんち》の充電《じゅうでん》方法《ほうほう》

ヒカルのポケットに入《い》れて、歩《ある》く振動《しんどう》で充電《じゅうでん》させます。

ヒカル電池《でんち》の形《かたち》はクッキーやラムネ、キャラメル、チョコなどお菓子《かし》の形《かたち》を参考《さんこう》にしています。

ヒカルはわくわくしながらヒカル電池《でんち》1号《ごう》を
新作《しんさく》の発明品《はつめいひん》「サイダーロイド」に
セットしました。「水《みず》がサイダーだった
らいいのに！」ニッパーの言葉《ことば》を
ヒントに、サイダー代《だい》を節約《せつやく》するために
つくった発明品《はつめいひん》です。

「スイッチオン！」
サイダーロイドが
おどりだしました。
胸《むね》のボトルからシュワシュワと
泡《あわ》がでてきます。

サイダーのシュワシュワする泡《あわ》は炭酸《たんさん》ガス。正式《せいしき》には
二酸化炭素《にさんかたんそ》っていうんだ。

ヒカルの発明《はつめい》ガジェット　サイダーロイド

これでサイダーが、いつでものみ放題《ほうだい》！

■高《たか》さ　22センチ
■幅《はば》　8センチ
■重《おも》さ　50グラム

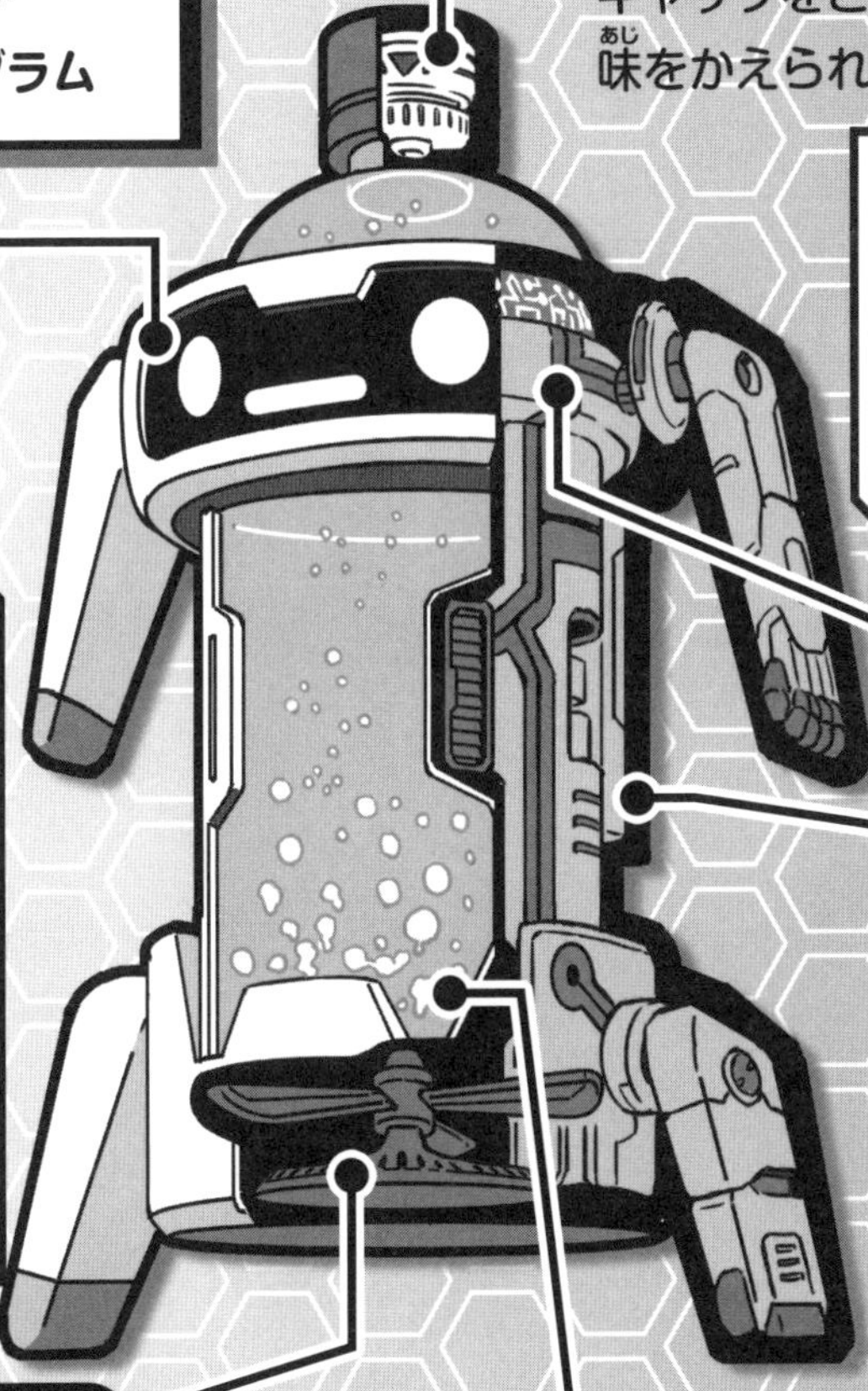

フレーバーキャップ

キャップをとりかえると味《あじ》をかえられます。

フェイス液晶《えきしょう》

0.5ミリの液晶《えきしょう》シートで表情《ひょうじょう》が変化《へんか》します。

AI《エーアイ》ユニット

ヒカル電池《でんち》ボックス

ヒカル電池《でんち》1号《ごう》（元気《げんき》）を使用《しよう》。

サイダースクリュー

スクリューを回転《かいてん》させ炭酸《たんさん》ガスと水《みず》をまぜ合《あ》わせます。

■空《から》のペットボトルをつかい、ほかのサイズととりかえが可能《かのう》。

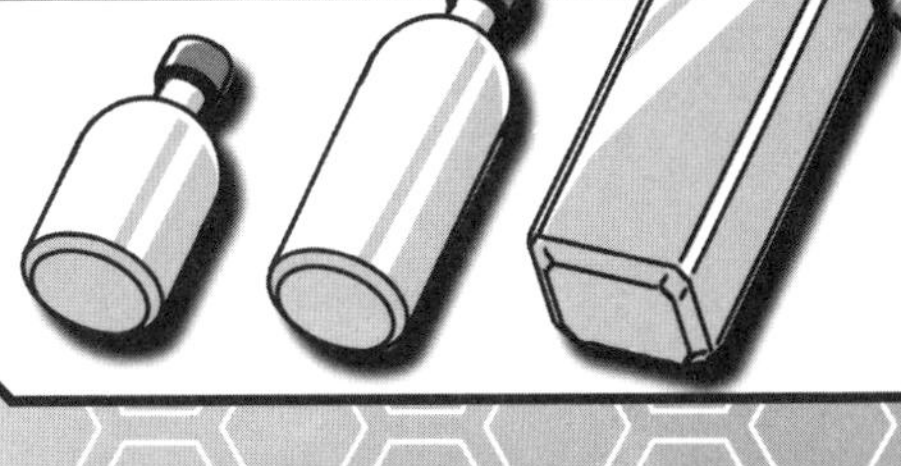

「ニッパー、サイダーができたよ！」
ニッパーがよろこんでキャップをあけると
サイダーがふきだし、ニッパーの顔《かお》を直撃《ちょくげき》！
サイダーロイドのおどりが
はげしすぎたのが原因《げんいん》みたいでした。
ヒカルがニッパーの口《くち》のまわりを
ふいてあげていると……

「ジリリリリリリー！」
電話《でんわ》の音《おと》がなりました。
ラボのすみにあるサイダーロイドの
試作《しさく》につかったペットボトルの山《やま》から、
大《おお》きなロボットがとび出《だ》してきました。

ヒカルの発明《はつめい》ガジェット　ニッパー

サイダー大好《だいす》き！　かたづけ上手《じょうず》の犬型《いぬがた》ロボ

■体長《たいちょう》　30センチ
■体高《たいこう》　20センチ
■体重《たいじゅう》　1キログラム

ニッパーはヒカルが幼稚園《ようちえん》の時《とき》
おとうさんが誕生日《たんじょうび》に買《か》ってくれた
ぬいぐるみを改造《かいぞう》したものです。

スーパークンクンユニット

人間《にんげん》の10億倍《おくばい》の
嗅覚《きゅうかく》でいろんなものを
かぎわけます。

かたづけセンサー

小《ちい》さなよごれも
見《み》つけます。

大好物《だいこうぶつ》

サイダーが大好《だいす》き。
のどがシュワシュワ
するのが面白《おもしろ》いらしい。

電源《でんげん》スイッチ

ハウスリング

この首輪《くびわ》には地図機能《ちずきのう》がプログラム
され、一度通《いちどとお》った道《みち》をおぼえて、
正確《せいかく》にもどることができます。

ヒカル電池《でんち》ボックス

ヒカル電池《でんち》4号《ごう》
（甘《あま》えん坊《ぼう》）を使用《しよう》。

■ふだんは四足歩行《しそくほこう》ですがヒカルの
マネをして二足歩行《にそくほこう》をおぼえました。

ヒカルのもうひとりの相棒《あいぼう》「ボルタ」です。

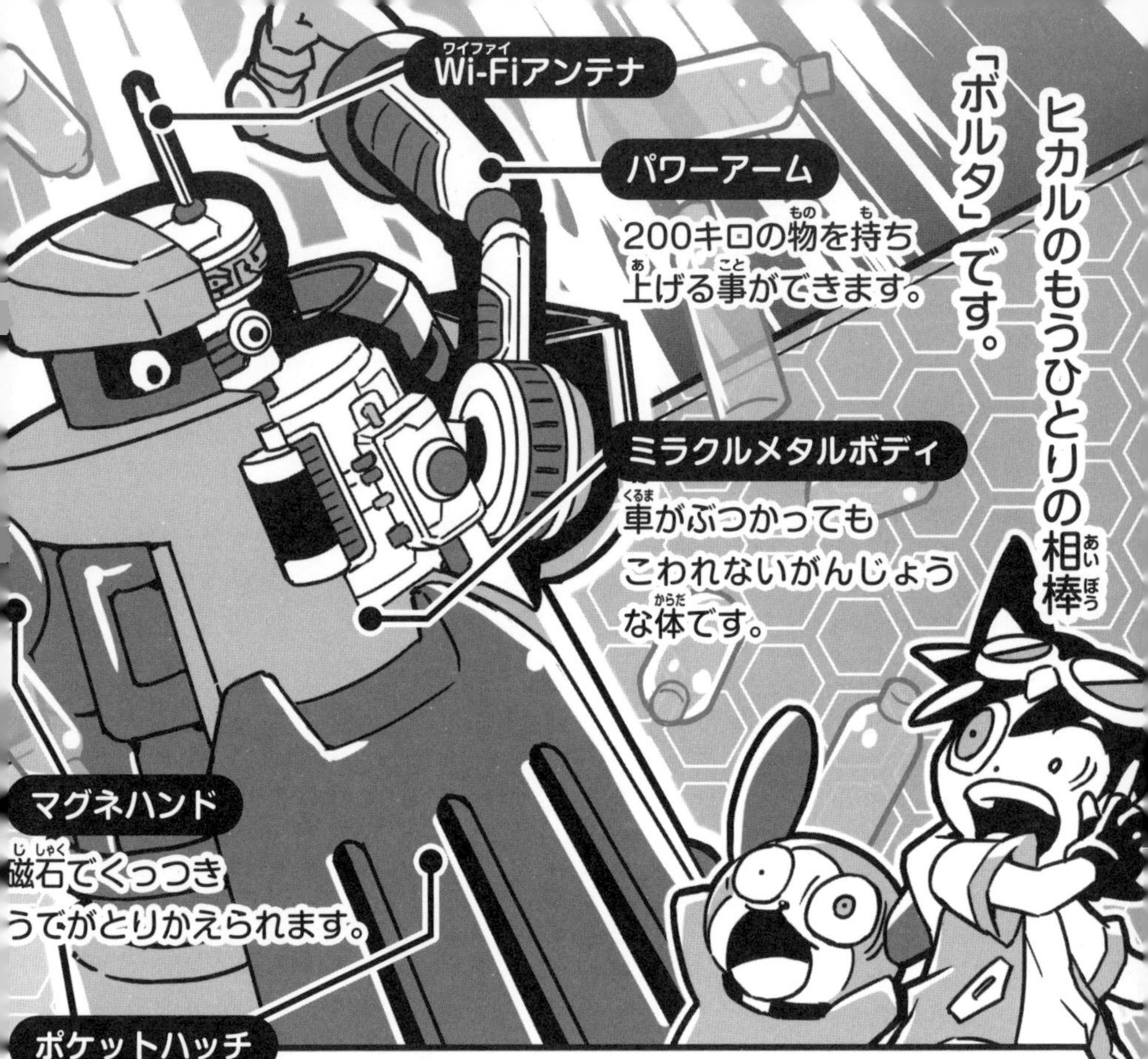

ポケットハッチはヒカルの物置《ものおき》!?

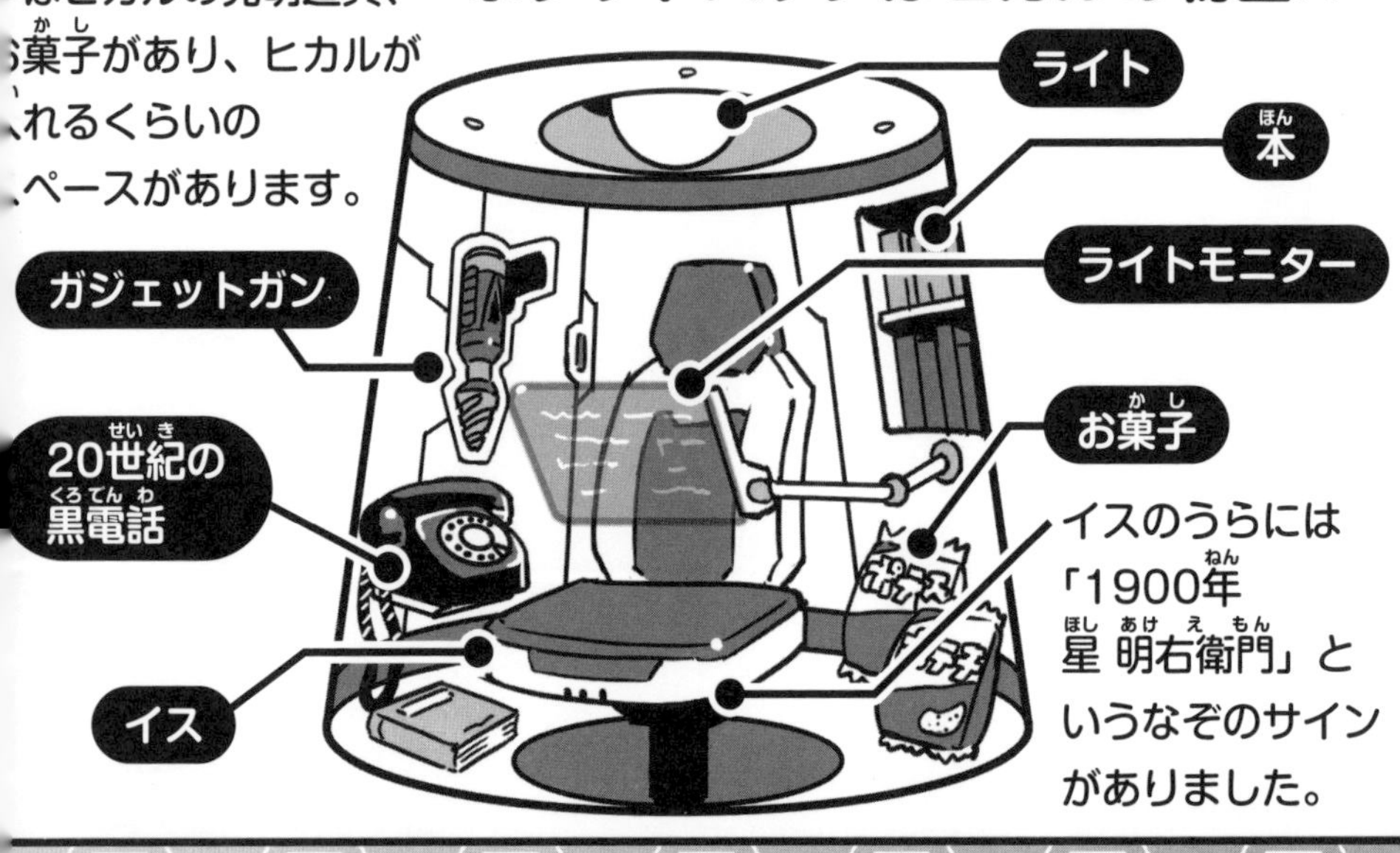

ボルタのおなかにある電話《でんわ》をとると
「ヒカル、用《よう》があるからちょっと来《き》たまえ。」
発明《はつめい》クラブの仲間《なかま》、ジョンでした。

「ヤバイ！　発明品発表会《はつめいひんはっぴょうかい》だ！」
約束《やくそく》していた時間《じかん》をだいぶ
すぎていました。トンネルテレビを
とび出《だ》し、会場《かいじょう》に急《いそ》ぎました。

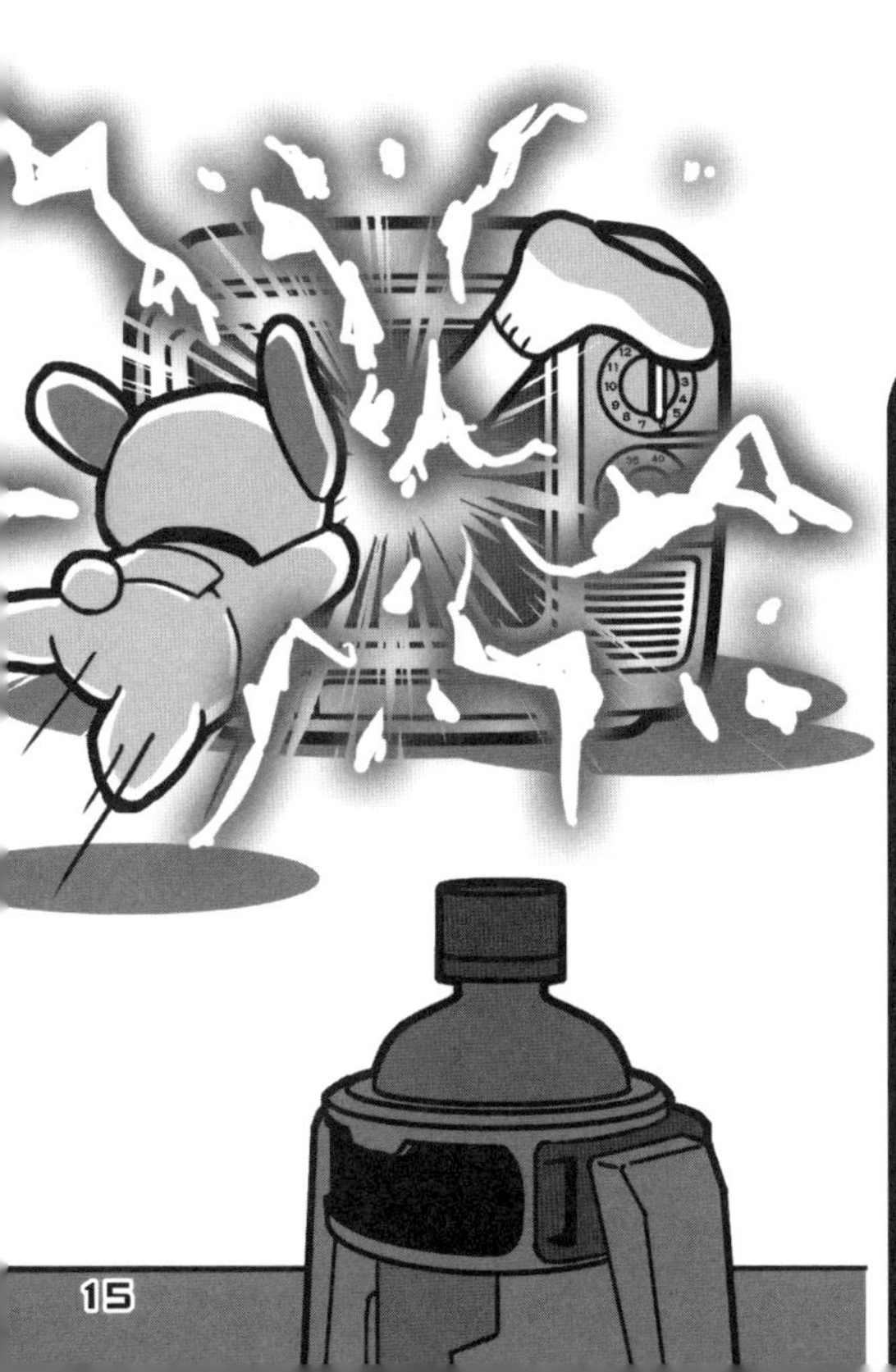

ボルタの名前《なまえ》

世界《せかい》ではじめて電池《でんち》を発明《はつめい》した
アレッサンドロ・ボルタが由来《ゆらい》で

■**身長《しんちょう》**　2メートル
■**横幅《よこはば》**　2メートル
■**体重《たいじゅう》**　100キログラム

ヒカルの発明《はつめい》ガジェット
ボルタ

ファイル02　フジミ町《ちょう》発《はつ》明《めい》クラブ

まちあわせのコンビニ「オウサマート」は立《りっ》体《たい》映《えい》像《ぞう》の巨《きょ》大《だい》な王《おう》冠《かん》が目《め》印《じるし》で、ヒカルがつくと、20分《ぷん》もまたされたジョンがイライラしていました。

「ヒカル、これでちこくは何《なん》回《かい》目《め》だよ？」

ヒカルは少《すこ》しかんがえてみますが、おぼえていません。

今日《きょう》はオウサマートの
休憩《きゅうけい》スペースで、
「発明《はつめい》クラブ」が毎月《まいつき》1回《かい》行《おこな》っている
「発明品発表会《はつめいひんはっぴょうかい》」の日《ひ》だったのです。

発明《はつめい》クラブバッジ

発明《はつめい》クラブの部員《ぶいん》だけがもてる
ピンバッジで、ヒカルの手《て》づくりです。

オウサマートは20世紀《せいき》では、コンビニではなく
お菓子屋《かしや》さんで「お菓子《かし》の王様《おうさま》」という名前《なまえ》でした。

オウサマートは24時間《じかん》無人《むじん》営業《えいぎょう》で、世界《せかい》のお菓子《かし》やマンガ、食《た》べ物《もの》、生活雑貨《せいかつざっか》がならびます。外国語《がいこくご》の商品説明《しょうひんせつめい》はレジロイドが日本語《にほんご》に訳《やく》してくれます。ドローンの宅配便《たくはいびん》もあり、月旅行《つきりょこう》のチケットも買《か》えます。

パネルの品物《しなもの》にカードを
かざして買《か》い物《もの》をします。

買《か》い物《もの》カードをかざすと
商品《しょうひん》が2階《かい》の倉庫《そうこ》から
運《はこ》ばれてきます。
値段《ねだん》は一瞬《いっしゅん》で計算《けいさん》されます。

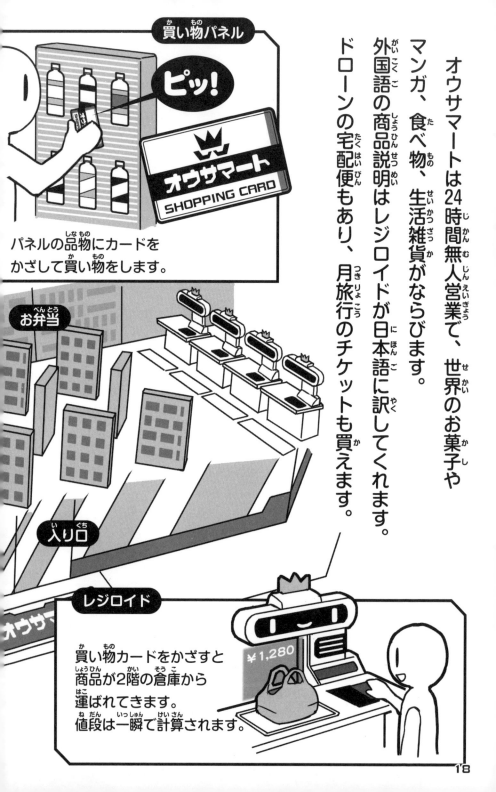

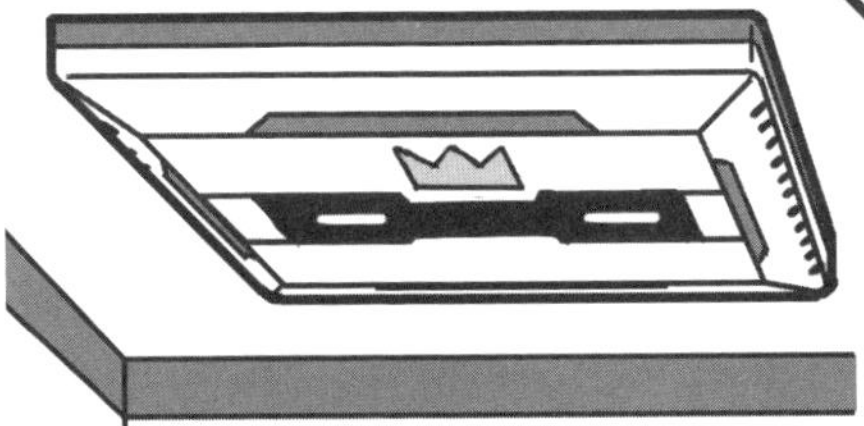

エアコンボット

店内《てんない》の温度《おんど》をかえたり、
ジュースや食《た》べ物《もの》の温度《おんど》を
調整《ちょうせい》します。

ストックロボ

倉庫《そうこ》の在庫《ざいこ》が少《すく》なくなったら、
自動的《じどうてき》に商品《しょうひん》を注文《ちゅうもん》して
取《と》り寄《よ》せます。

休憩《きゅうけい》スペース

オウサマートの前《まえ》にあるイスと
テーブルがある休憩《きゅうけい》スペースで
発明品《はつめいひん》発表会《はっぴょうかい》が行《おこな》われます。

ドローン配達《はいたつ》

日本全国《にほんぜんこく》どこへでも配達可能《はいたつかのう》の
宅配便《たくはいびん》。注文《ちゅうもん》した日《ひ》に
荷物《にもつ》がとどきます！

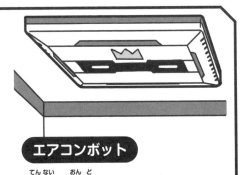

最初《さいしょ》の発表《はっぴょう》はジョンです。

ジョンのおじいちゃんは電話《でんわ》の歴史《れきし》を変《か》えたスマホの開発者《かいはつしゃ》スティーブ・ジョンで、お父《とう》さんは世界的《せかいてき》に有名《ゆうめい》なスマホ会社《がいしゃ》の社長《しゃちょう》です。ジョンはお父《とう》さんからもらった自分専用《じぶんせんよう》のブレスレット型《がた》電話《でんわ》ウデンワの新《しん》アプリの説明《せつめい》をはじめました。

ジョンのお父《とう》さんがつくった　ウデンワ

手《て》のポーズで操作《そうさ》するブレスレット型《がた》の電話《でんわ》。

■本体《ほんたい》サイズ　10センチ
■重《おも》さ　50グラム

透過《とうか》光液晶《ひかりえきしょう》

光《ひかり》のスクリーンに電話番号《でんわばんごう》や写真《しゃしん》、メールアプリが映《うつ》しだされます。

手《て》のポーズでアプリを起動《きどう》したり操作《そうさ》します。

アプリ

ジョンが発明《はつめい》したこの電話《でんわ》だけで使《つか》え
特別《とくべつ》なアプリがインストールされています。

電話《でんわ》をかける

写真《しゃしん》をとる

メッセージを送《おく》る

手首《てくび》に付《つ》けると体温《たいおん》でミクロバッテリーに充電《じゅうでん》されます。

体温充電器《たいおんじゅうでんき》

世界《せかい》に一台《いちだい》のジョンだけがもっている電話《でんわ》です。新《あたら》しいアプリはジョンがアイデアを出《だ》し、お父《とう》さんの会社《かいしゃ》の技術者《ぎじゅつしゃ》が作《つく》り上《あ》げ、ネットを通《とお》して次々《つぎつぎ》に追加《ついか》されていきます。

ジョンはヒカルの方《ほう》をむき、
親指《おやゆび》と人《ひと》さし指《ゆび》でまるを
つくりました。写真《しゃしん》アプリが
起動《きどう》し、ヒカルをとります。

その写真《しゃしん》の画面《がめん》を手《て》のひらで
おしだしました。すると写真《しゃしん》が
立体《りったい》になって、とび出《だ》しました。

ホログラムとは、レーザーをつかい、特殊《とくしゅ》なフイルムを
とおして3D《スリーディー》映像《えいぞう》を投映《とうえい》するものです。

ヒカルが二人《ふたり》になりました。

「オォーッ！」みんなからおどろきの声《こえ》があがりましたが、すぐに笑《わら》い声《ごえ》にかわりました。ホログラムの顔《かお》がドット絵《え》だったのです。まだアプリが不安定《ふあんてい》なようです。

「次《つぎ》の発表《はっぴょう》はわたしだよ。
今回《こんかい》もみんなに試食《ししょく》してもらうからね。」
モモはフジミ商店街《しょうてんがい》の和菓子屋《わがしや》さん
「味楽流堂《みらくるどう》」の一人娘《ひとりむすめ》で、ヒカルとは
幼《おさな》なじみです。
モモの発明品《はつめいひん》はいつも天体《てんたい》を
イメージした「宇宙和菓子《うちゅうわがし》」です。

モモの発明《はつめい》スイーツ　惑星《わくせい》だんご

宇宙《うちゅう》と和菓子《わがし》が大好《だいす》きなモモが
つくった惑星《わくせい》をテーマにしたスイーツ！

惑星《わくせい》をイメージしたおだんごで、8個《こ》の惑星《わくせい》が串《くし》に刺《さ》さっています。見《み》た目《め》はよいのですが…

宇宙《うちゅう》のことなら、何《なん》でも知《し》っている天文娘《てんもんむすめ》。毎日《まいにち》200倍《ばい》の望遠鏡《ぼうえんきょう》で惑星《わくせい》、星雲《せいうん》を見《み》ては宇宙旅行《うちゅうりょこう》やUFO《ユーフォー》との出会《であ》いを想像《そうぞう》しています。

モモが尊敬《そんけい》する人《ひと》

ガリレオ・ガリレイ
(1564年《ねん》～1642年《ねん》)
望遠鏡《ぼうえんきょう》で月《つき》を観察《かんさつ》し、月面《げつめん》に凸凹《おうとつ》があることを発見《はっけん》した人《ひと》です。

モモが前回《ぜんかい》発表《はっぴょう》した隕石《いんせき》せんべいは
歯《は》が欠《か》けそうなほどかたくて、たべられませんでした。
ヒカルは、恐《おそ》る恐《おそ》る惑星《わくせい》だんごを口《くち》に入《い》れました。
ヒカルの顔《かお》つきがくるくるかわり、
ぐったりしています。モモの発明《はつめい》した
お菓子《かし》は、やっぱりおいしいとは
いえませんでした。

つぎはヒカルの番《ばん》ですが、あわてていたので発明品《はつめいひん》のサイダーロイドをヒカルラボにわすれてしまいました。

みんなにわらわれながら今日《きょう》の発表会《はっぴょうかい》は終《おわ》りとなりました。

オウサマートの片隅《かたすみ》で携帯《けいたい》ゲームをしながら発表会《はっぴょうかい》を見《み》ていた男《おとこ》の子《こ》がいました。学校一《がっこういち》のゲーム少年《しょうねん》ユータです。

毎回《まいかい》、発表会《はっぴょうかい》を見《み》にきているのですが発明《はつめい》クラブのメンバーではありません。

ヒカルがユータに声《こえ》をかけました。

「それ、むかしの携帯《けいたい》ゲーム？」

「そうだよ。ぼくは、いままで
発売《はつばい》されたすべてのゲームを
クリアするんだ！」そういって
背中《せなか》の大《おお》きなリュックの中《なか》から
むかしのゲーム機《き》を出《だ》して、
ヒカルに見《み》せました。

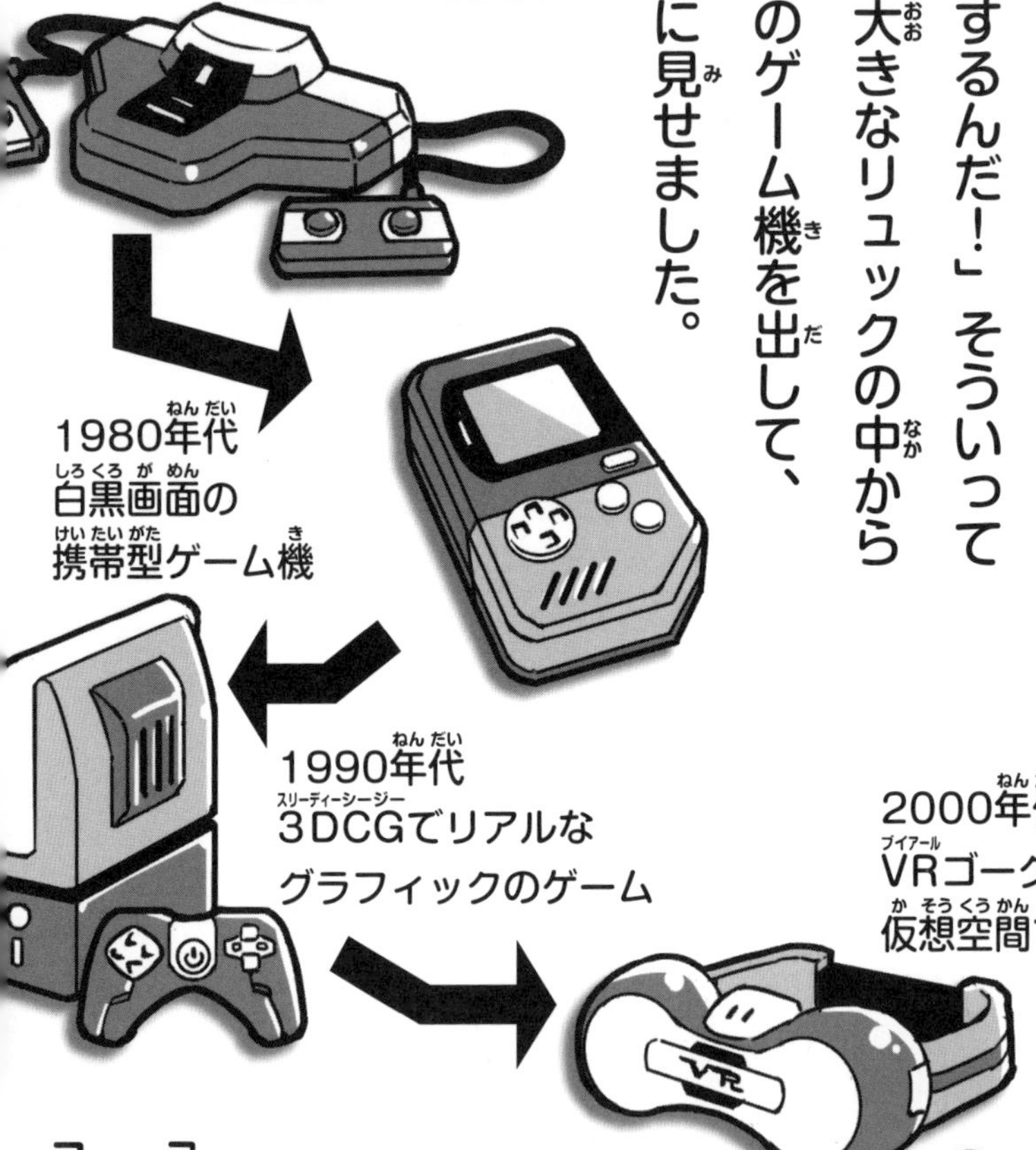

「あれ？」
ユータの顔《かお》色《いろ》がかわりました。

「ゲームの電源が急にきれた…
さっきまで満《まん》タンだったのに…」
セーブをしていなかったようで、
そうとうショックだったのか、
かたまって顔《かお》が真《ま》っ白《しろ》になっています。

オウサマートからは、みんなが
困《こま》った顔《かお》をして出《で》てきました。
レジロイドがつかえなかったり
電《でん》気《き》が消《き》えたりついたりしている
そうです。

ファイル03 街《まち》をゆるがす大《だい》事《じ》件《けん》！

「いったい何《なに》がおきているのだろう？」ヒカルはボルタとニッパーをつれて、薄《うす》暗《ぐら》いオウサマートの中《なか》へ入《はい》りました。頭《あたま》にかぶっていたフクロウゴーグルをかけ、暗《あん》視《し》センサースイッチを入《い》れました。店《みせ》の中《なか》を見《み》ると、遠《とお》くの方《ほう》で光《ひかり》が見《み》えました。その光《ひかり》へと近《ちか》づくと、それはサッカーボールでした。

近《ちか》くの電灯《でんとう》の光《ひかり》が、ボールにすいこまれ、
ボールが大《おお》きくなっています。
やがて電灯《でんとう》は消《き》えてしまいました。
ヒカルが近《ちか》づいてみると、ボールと
目《め》が合《あ》いました。

外《そと》でまっている、ジョンのウデンワ
には高《こう》エネルギー反応《はんのう》の表示《ひょうじ》、
「危険《きけん》マーク」が出《で》ています。
ヒカルの黒電話《くろでんわ》に連絡《れんらく》をして
「ここは危《あぶ》ないはなれろ！」とさけび、
みんなはその場《ば》からにげ出《だ》しました。

ウデンワには「避難《ひなん》アラーム」が搭載《とうさい》されていて災害時《さいがいじ》、身《み》の危険《きけん》に反応《はんのう》し、アラームが発動《はつどう》します。

突然《とつぜん》オウサマートが爆発《ばくはつ》しました！
10メートルほどはなれた
場所《ばしょ》にまでにげたみんなには
ケガはありませんでしたが、
中《なか》にいたヒカルたちが心配《しんぱい》です。

しばらくすると
爆風《ばくふう》の中《なか》、ボルタの姿《すがた》が見《み》えました。
胸《むね》のポケットハッチがひらき
中《なか》からヒカルとニッパーが
出《て》てきました。
電話《でんわ》でジョンからの連絡《れんらく》を
うけてボルタのポケットハッチに
にげこんでいたのです。
「クンクン！」ニッパーはこのとき、
不思議《ふしぎ》なにおいを感《かん》じとっていました。

ボルタは、朝《あさ》ねぼうのヒカルをポケットハッチの中《なか》に
入《い》れて、学校《がっこう》まではこんだことがあります。

まわりにいた人《ひと》たちが大《おお》あわてで
オウサマートから遠《とお》ざかる中《なか》、
発明《はつめい》クラブのメンバーは
立《た》ちのぼる煙《けむり》の中《なか》に
怪《あや》しい人《ひと》影《かげ》を見《み》つけました。

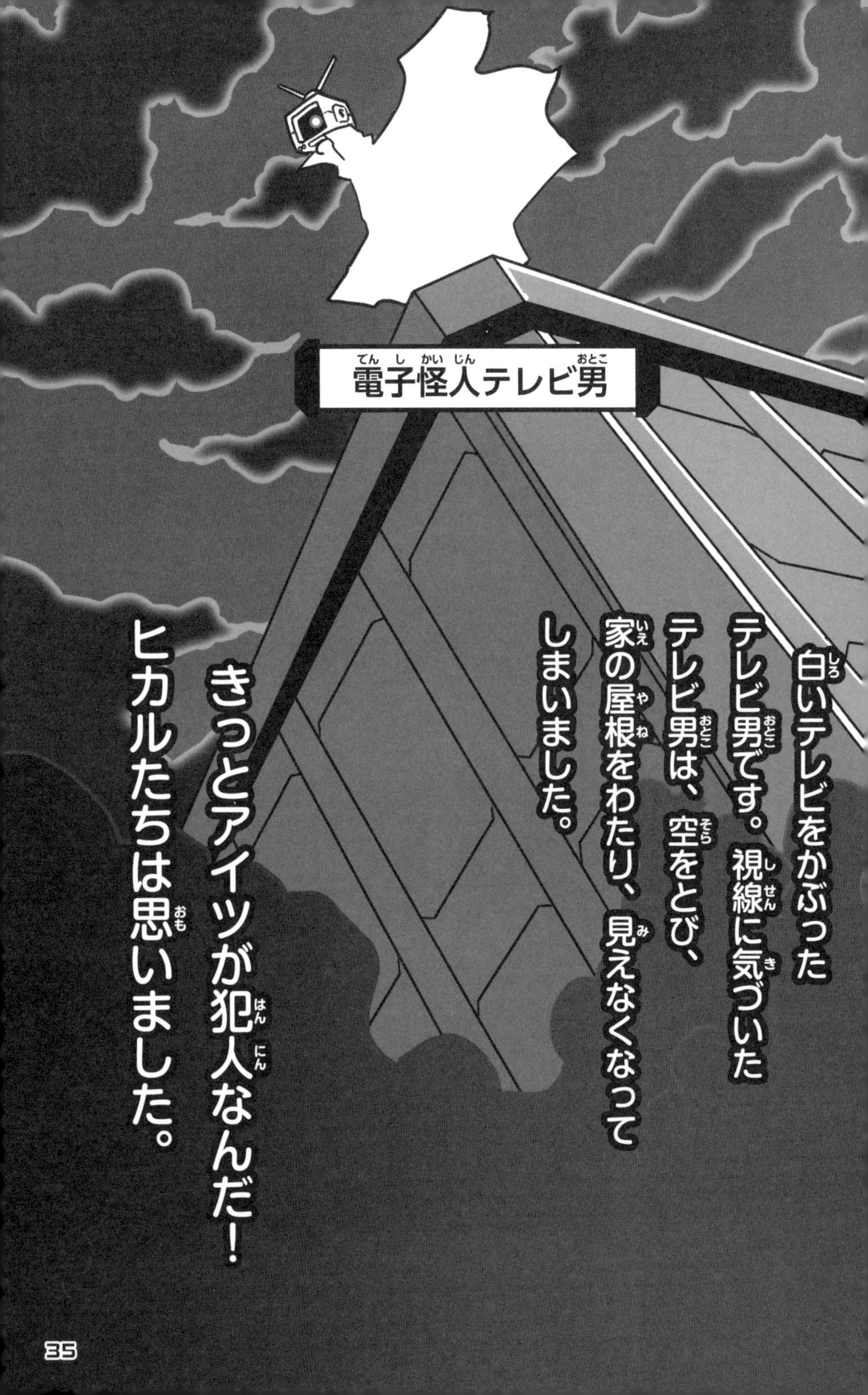

白《しろ》いテレビをかぶった
テレビ男《おとこ》です。視《し》線《せん》に気《き》づいた
テレビ男《おとこ》は、空《そら》をとび、
家《いえ》の屋《や》根《ね》をわたり、見《み》えなくなって
しまいました。

きっとアイツが犯《はん》人《にん》なんだ！
ヒカルたちは思《おも》いました。

次《つぎ》の朝《あさ》、ヒカルはいつものように始業《しぎょう》ベルがなるギリギリで校門《こうもん》をくぐりました。

ヒカルが席《せき》につくと、クラスのみんながあつまってきました。「発明《はつめい》クラブの実験《じっけん》が失敗《しっぱい》してオウサマートを爆破《ばくは》したって本当《ほんとう》？」

変《へん》なうわさが広《ひろ》まっていました。

ナミキ区立《くりつ》　フジミ小学校《しょうがっこう》

小学校《しょうがっこう》には3D《スリーディー》ヴァーチャルの先生《せんせい》が!?

3D《スリーディー》ヴァーチャル先生《せんせい》

デジタル黒板《こくばん》からホログラムで
とび出《だ》して、たまにみんなをおどろかせます。

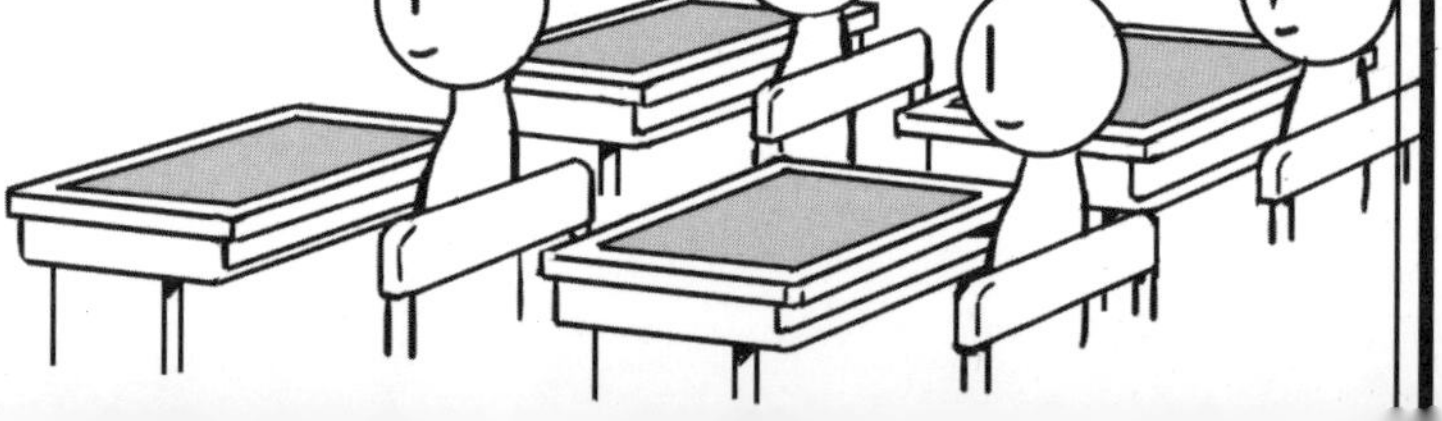

テレビ男や光るサッカーボールを
知《し》っているのは発明《はつめい》クラブだけです。
爆発《ばくはつ》や停電《ていでん》は発明《はつめい》クラブのせいにされて
いたのです。

今日《きょう》の1時間目《じかんめ》は、
プログラミングの授業《じゅぎょう》でした。
みんなでパソコンルームへ移動《いどう》しました。

発明《はつめい》クラブの好《す》きな授業《じゅぎょう》は…

ヒカルは「図工《ずこう》」。3D《スリーディー》プリンタをつかってヒカル電池《でんち》のケースをつくりました。

ジョンは「プログラミング」。キーボードの入力《にゅうりょく》の速《はや》さは誰《だれ》にもまけません。

モモは「家庭科《かていか》」。つくったお菓子《かし》は見《み》た
綺麗《きれい》ですが、からすぎ
すっぱすぎたり……。

ジョンとヒカルが先頭《せんとう》で部屋《へや》に入《はい》り、
パソコンの電源《でんげん》を入《い》れますが
なぜか画面《がめん》がうつりません。

「オウサマートのときのように
発明《はつめい》クラブがこわしたんだ！」
みんながさわぎだしました。
すると校内放送《こうないほうそう》がながれました。
「みなさん、今《いま》、学校《がっこう》の一部《いちぶ》で
停電《ていでん》がおきています。」

モニターと教室《きょうしつ》の電気《でんき》が
ついたり、消《き》えたりしています。

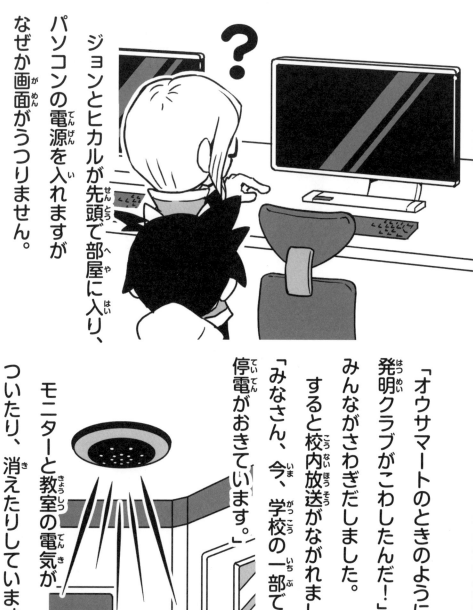

お昼《ひる》休《やす》み、発《はつ》明《めい》クラブの3人《にん》は、
先《せん》生《せい》によばれました。
みんなのうわさが本《ほん》当《とう》なのか、
先《せん》生《せい》も心《しん》配《ぱい》しているようです。

ヒカルは関《かん》係《けい》を否《ひ》定《てい》しましたが
このままでは本《ほん》当《とう》に発《はつ》明《めい》クラブが
犯《はん》人《にん》だと思《おも》われてしまいます。
ジョンがいいました。
「真《しん》犯《はん》人《にん》をつかまえるんだ！」

授業《じゅぎょう》がおわり、3人《にん》は真犯人《しんはんにん》をさがし出《だ》すアイデアを話《はな》し合《あ》いながら歩《ある》いていました。

まわりの同級生《どうきゅうせい》が発明《はつめい》クラブのうわさ話《ばなし》をしている声《こえ》がきこえました。

校門《こうもん》の前《まえ》にニッパーとボルタがいつものようにヒカルをむかえにきました。

「ヒカルーおかえりだワン！」

怪《あや》しいのはテレビ男《おとこ》と
目《め》玉《だま》のサッカーボールですが、
どうやってさがせばいいのか？
頭《あたま》をなやませていると、

ニッパーが不《ふ》思《し》議《ぎ》なにおいを
感《かん》じとったようです。

「みんな、フジミ神《じん》社《じゃ》に行《い》くんだワン」
ニッパーはにおいのする方《ほう》向《こう》へ走《はし》り出《だ》し、
みんなは急《いそ》いでおいかけました。

ファイル04 フジミ神社《じんじゃ》の怪事件《かいじけん》！

ニッパーに追《お》いつくと、フジミ神社《じんじゃ》の
長《なが》い石段《いしだん》をのぼるサッカーボールが見《み》えました。
ニッパーが感《かん》じた不思議《ふしぎ》な匂《にお》いはオウサマードで
電気《でんき》をすいこんでいたサッカーボールの
匂《にお》いだったのです。

石段《いしだん》をのぼると、頂上《ちょうじょう》には
神社《じんじゃ》のお社《やしろ》があります。
「やだなー階段《かいだん》のぼるの……」ヒカルは
ため息《いき》をつきながら、つぶやきました。

頂上《ちょうじょう》につくと、ニッパーが
匂《にお》いをたどって、お社《やしろ》の
うらへ走《はし》っていきましたが、
ピタリと止《と》まっています。
ヒカルたちがちかづくと
不思議《ふしぎ》なものがありました。

そこにあったのは、自動車《じどうしゃ》ぐらいの大《おお》きさの隕石《いんせき》のようです。一部分《いちぶぶん》がわれ、見《み》たことのないメカが見《み》えています。その中《なか》へサッカーボールが入《はい》って行《い》くのが見《み》えました。

「なんでこんなところに隕石《いんせき》があるんだ？」

ジョンがいうと、モモが興奮《こうふん》しながらさけびました。

「UFOだよこれ！
隕石《いんせき》なら地面《じめん》に衝突《しょうとつ》したときに
衝撃《しょうげき》で地面《じめん》に穴《あな》ができるもん！
きっと宇宙人《うちゅうじん》がのっているんだよ！」
目《め》をキラキラさせながらいいました。

そこに、テレビ男《おとこ》があらわれ
隕石《いんせき》の中《なか》に入《はい》っていきました。
「アイツは宇宙人《うちゅうじん》だったのか!?
とにかく後《あと》を追《お》ってみよう！」
ジョンが中《なか》へとびこみました。

UFO《ユーフォー》の中《なか》は外《そと》から想像《そうぞう》できないほど
広《ひろ》く、見《み》たことのないメカが沢山《たくさん》あります。
通路《つうろ》がアリの巣《す》のようにわかれていて、
テレビ男《おとこ》の行《い》き先《さき》を見失《みうしな》いました。
モモは犯人《はんにん》さがしより、宇宙人《うちゅうじん》に会《あ》えると思《おも》い
ワクワクしています。

モモがまがり角《かど》に
人影《ひとかげ》を見《み》つけ
とび出《だ》しました。
「いたっ！　宇宙人《うちゅうじん》さん
サインちょうだい！」

すると人影から
無数《むすう》の光《ひか》る手《て》がのびてきて、
まっ先《さき》にヒカルが
ねらわれました！

つかまれると思《おも》った瞬間《しゅんかん》
ヒカルの姿《すがた》が消《き》えました！
そして角《かど》をまがり、
目《め》の前《まえ》にあらわれたのは

「ワタシはマーズ。パワータンク
というグループに属《ぞく》し、
地球《ちきゅう》にある全《すべ》ての電気《でんき》エネルギーを
もらいにきた。邪魔《じゃま》をするな」
ウッ

消《き》えたヒカルは発明発表会《はつめいはっぴょうかい》で使《つか》ったデジブンシンのデータだったのです。

危険《きけん》を感《かん》じたジョンはさけびました。

「みんなにげるぞ！」

本物《ほんもの》のヒカルは階段《かいだん》をのぼるのにつかれて、お社《やしろ》の前《まえ》で休《やす》んで待《ま》っていました。
「みんなおそいなぁ～」

ヒカルはとことん運動《うんどう》が苦手《にがて》。マラソン大会《たいかい》では毎年《まいとし》ビリキング。つかれてその場《ば》でねてしまったことも…

■身長《しんちょう》　222センチ
■体重《たいじゅう》　111キロ

スペースボディ

銀《ぎん》河《が》の模《も》様《よう》が刻《きざ》まれ、タンクボールがうめこまれています。

火《か》星《せい》からの訪《ほう》問《もん》者《しゃ》

マーズ

タンクボール

電気《てんき》エネルギーを吸収《きゅうしゅう》するボール。地球人《ちきゅうじん》にバレないようサッカーボールに変装《へんそう》していました。

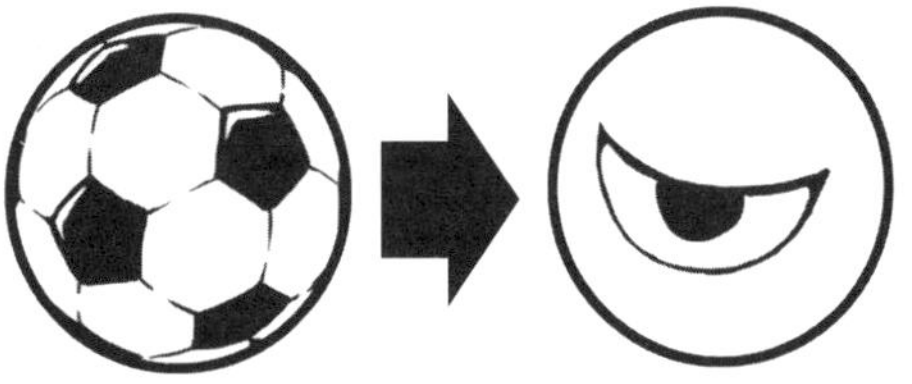

エネルギーアーム

タンクボールのエネルギーが腕《うで》の形《かたち》になっています。

隕石型UFO《いんせきがたユーフォー》

隕石《いんせき》に変装《へんそう》し、様々《さまざま》な星《ほし》に忍《しの》び込《こ》み、エネルギーをぬすみ惑星《わくせい》をほろぼしたこともあるとか…

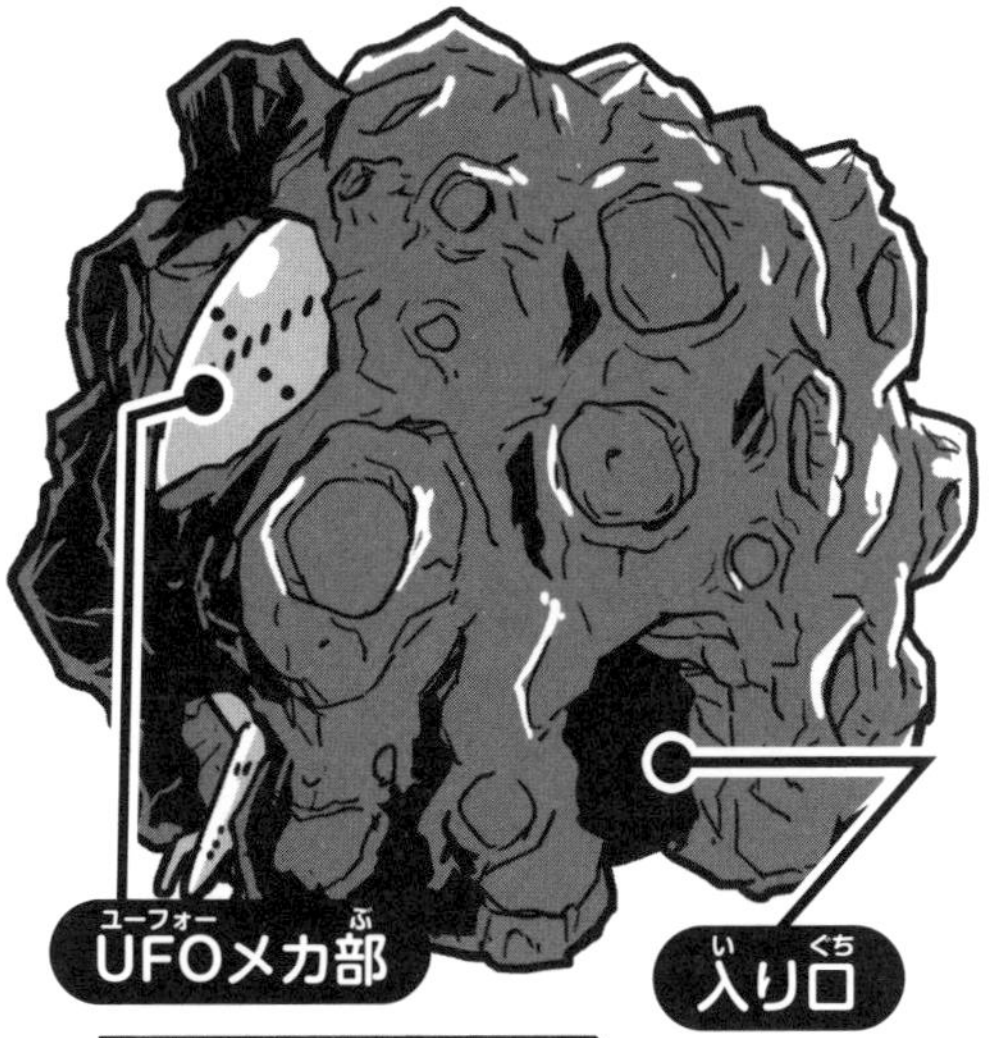

■高《たか》さ　?メートル
■幅《はば》　?メートル
■重《おも》さ　1トン

パワータンク

宇宙《うちゅう》の星々《ほしぼし》のエネルギーを奪《うば》うドロボウ団《だん》でマーズも所属《しょぞく》。複数《ふくすう》の宇宙人《うちゅうじん》がメンバーに入《はい》っています。

UFO《ユーフォー》からとび出《だ》したジョンは
休《やす》んでいたヒカルの腕《うで》を強引《ごういん》にひっぱり
階段《かいだん》をかけおりました。そして途中《とちゅう》の
林《はやし》に飛《と》びこみ、秘密《ひみつ》のうら道《みち》からにげました。
モモはヒカルにマーズのことを
はなしました。

「大《おお》きな体《からだ》に目玉《めだま》のボールがたくさん
うまっていて、光《ひか》るうでがなん本《ぼん》ものびてくるの!」
そして、心配《しんぱい》そうにつぶやきました。
「今度《こんど》の日曜日《にちようび》はフジミ神社《じんじゃ》で電飾《でんしょく》ちょうちん
祭《まつ》りがあるんだよ」

「目玉《めだま》のボール……？　そうか……」

ヒカルはオウサマートの中《なか》でサッカーボールが電気《でんき》をすいこんでいたことを思《おも》い出《だ》しました。

「マーズという宇宙人《うちゅうじん》はお祭《まつ》りの電気《でんき》を吸収《きゅうしゅう》するために神社《じんじゃ》にいたんだ！」

すると、モモとジョンが声《こえ》をそろえていいました。

「ヒカル！　ガジェット発明《はつめい》の出番《でばん》だよ！」

電飾《でんしょく》ちょうちん祭《まつ》りのちょうちんにはドローンがついていて、空《そら》を跳《と》びながら色《いろ》が変《か》わりとても綺麗《きれい》です。

ファイル05 ネバネバ大作戦《だいさくせん》

みんなは無事《ぶじ》に家《いえ》に帰《かえ》ることができました。ヒカルはラボにこもりましたが、マーズをつかまえるアイデアが思《おも》いつかず、こまりはてていました。

　ニッパーはお祭《まつ》りの食《た》べ物《もの》を想像《そうぞう》してヨダレをたらしています。

　ふわふわのわたあめ、あつあつのたこ焼《や》き、あんずあめ、

「お祭《まつ》りでおいしいものを食《た》べまくるワン！」

あんずあめといえば
ニッパーは最初《さいしょ》、水《みず》あめで体中《からだじゅう》
ネバネバにしてたっけ。
ベタ〜
今《いま》はちゃんと
食《た》べられる
ワン！
んっ？
ネバネバの水《みず》あめ、
発明品《はつめいひん》に使《つか》えそうだ。
調《しら》べてみよう
水飴《みずあめ》の作《つく》り方《かた》
ポチッ
水飴《みずあめ》はお湯《ゆ》の
中《なか》にでんぷんと
麦芽《ばくが》を入《い》れ…
酵素《こうそ》が活性化《かっせいか》し
CH_2OH
OH
OH
こんな材料《ざいりょう》どこで手《て》に
入《い》れよう…、まてよ、
水《みず》あめはお菓子《かし》だから
モモ、
水《みず》あめの材料《ざいりょう》なんだけど、
なんとかならないかな
マーズを
つかまえる発明品《はつめいひん》に
つかうんだ！

電飾《でんしょく》ちょうちん祭《まつ》り当日《とうじつ》
プルプル
ワイワイ
ワイワイ
でんぷん
ブィーーン
モモ、袋《ふくろ》が重《おも》くてオレのドローンがこわれそうだ。それにしてもヒカルはおそいな……
24回目《かいめ》のちこくだ
どんな発明品《はつめいひん》をつくってくるの
モグモグ
でんぷん、麦芽《ばくが》……あとはお水《みず》ね
麦芽《ばくが》
でんぷん
でんぷん
ドスン

発明《はつめい》クラブだ！お祭《まつ》りの電気《でんき》を消《け》すなよ！
ギッ
おまたせ！発明品《はつめいひん》をもってきたよ！材料《ざいりょう》をちょうだい！ネバ弾《だん》をつくるんだ！
タッタッタッタッタッ
タッタッ
あっちの方《ほう》でサッカーボールのにおいがするワン！
ザッ

ジョン！　早《はや》く
材料《ざいりょう》をユニットの
中《なか》に入《い》れて！
ポリバケツ
ネバ弾《だん》
水《ず》あめのネバネバ成分《せいぶん》を
100倍《ばい》に変化《へんか》させたもの。
弾《ま》が当《あ》たると、ネバネバが
とび出《だ》し、相手《あいて》のうごきを
封《う》じることができる。
サイダーロイド
水《みず》をサイダーに変化《へんか》させ、
炭酸《たんさん》の爆発力《ばくはつりょく》を使《つか》いネバ弾《だん》を
発射《はっしゃ》します。
ネバ弾変換《だんへんかん》ユニット
材料《ざいりょう》を口《くち》から入《い》れ
化学変化《かがくへんか》させ「ネバ弾《だん》」を
作《つく》りあげます。
ヒカル電池《でんち》ユニット
カルの発明《はつめい》ガジェット
イダーロイド＋《プラス》
ネバネバスター
ヒカル電池《でんち》3号《ごう》
性格《せいかく》（やんちゃ）使用《しよう》

ヒカル！お社《やしろ》の上《うえ》からにおいがするワン！
わかってるあせらせるな！
ザバーー
でんぷん
バクバク
ビビビビ

バシュ
ベチャッ
クッ!なんだこれは
ネバネバで身動《みうご》きがとれん!
ニッパーがネバネバでうごけなくなったことからひらめいたんだ!
ネバネバ大《だい》作《さく》戦《せん》せいこうだ!

にも考えがある。こんな子《こ》どもだましの作戦《さくせん》に貴重《きちょう》なエネルギーをつかいたくないのだが……
シュウウウウ〜
ズモモモモモモ
あああっ！ネバ弾《だん》がとけていく！
マーズは、電気《でんき》で熱《ねつ》を出《だ》したんだ。水《みず》あめは熱《ねつ》でとけてしまうだろ
マーズが大《おお》きくなっていくワン！

マーズはお祭《まつ》りの
電気《でんき》をすいこんで
巨大化《きょだいか》しはじめました。
うわあぁ
化《ば》け物《もの》だー
逃《に》げろー
ギガマーズ
ピッ
ブン
ハハハッ、
手《て》こずっているようだな。
ボルタともう一人《ひとり》、ゲームの得意《とくい》な
少年《しょうねん》をつれてオウサマートに
来《き》たまえ。発明品《はつめいひん》を諸君《しょくん》に授《さず》けよう。
UDENWA

なんだよ、とつぜん！アンタは敵《てき》だろ！これはワナだろ！行《い》ってたまるか！
ワー
キャー
味方《みかた》の宇宙人《うちゅうじん》かもしれないよ！会《あ》ってみたいなぁー
キャー
キャー
ワー
うーん
敵《てき》か味方《みかた》か、わからないけどテレビ男《おとこ》が電気《でんき》をぬすんでいるところは見《み》てないし、今《いま》はマーズを止《と》める発明品《はつめいひん》のアイデアもない。オウサマートに行《い》こう！

ファイル06 敵《てき》か味《み》方《かた》か？電《でん》子《し》怪《かい》人《じん》テレビ男《おとこ》

ザッ
早《はや》かったな。では約《やく》束《そく》どおりプレゼントだ。ジョンのウデンワにデータをおくるとしよう！
ビビビ
ビビビ
キュキュ
ビー
ガチャ
ピピピッ
1
2
UDENWA

データが来《き》た！ふたつのボックスがあるけど1個《こ》が自動《じどう》でひらいたぞ
オウサマートの設計図《せっけいず》みたいだ…
パカッ
1
2
・TOP
・FRONT
・SIDE
UDENWA

テレビ男《おとこ》の宇宙船《うちゅうせん》かなー？
TV GUY
TOP SECRET
・CUSTOMIZE
電池《でんち》のマークやケーブル…？ボルタのようなマークもある
何《なに》を意味《いみ》しているんだ？
英語《えいご》も書《か》いてあるけど……

CUSTOMIZE=カスタマイズ？もしかして、テレビ男《おとこ》はオウサマートを改造《かいぞう》しているのか？
まだ油断《ゆだん》ならないワン
ガチャ
うん
このデータはきっとオウサマートの改造《かいぞう》設《せっ》計《けい》図《ず》だよ。
CRET
CUSTOMIZE
ビクッ

完成《かんせい》だ！　さあ中《なか》に入《はい》って起動《きどう》
したまえ！　攻撃《こうげき》方法《ほうほう》はひとつだけだ
諸君《しょくん》の活躍《かつやく》を期待《きたい》しているぞ
さらばだ！
オオォォ
ゴォオォォ
キラン
なんなんだ！
空飛《そらと》んだよ！　やっぱり
宇宙人《うちゅうじん》だ！　オウサマートを
宇宙船《うちゅうせん》に改造《かいぞう》してくれたんだ！
中《なか》にはいろうよ！

みんなは、オウサマートの中《なか》に入《はい》りました。
買《か》い物《もの》パネルのモニター、いつもは商品《しょうひん》の画像《がぞう》があるのに電池《でんち》のマークに変《か》わってる。
でも、電池切《でんちぎ》れのマークだ。
あのマークなんだワン？
ボルタににているワン。
イスみたいだからボルタはここで休《やす》んでいるといいワン

パッ
HIKARU DENCHI CHARGE
UDENWA
なんだ、電気《でんき》がついたぞ！
ヒカル電池《でんち》のチャージ表示《ひょうじ》だ！
やっぱり宇宙《うちゅう》に行《い》くんだよ
ギ
ギュン
ガシャン
ブン

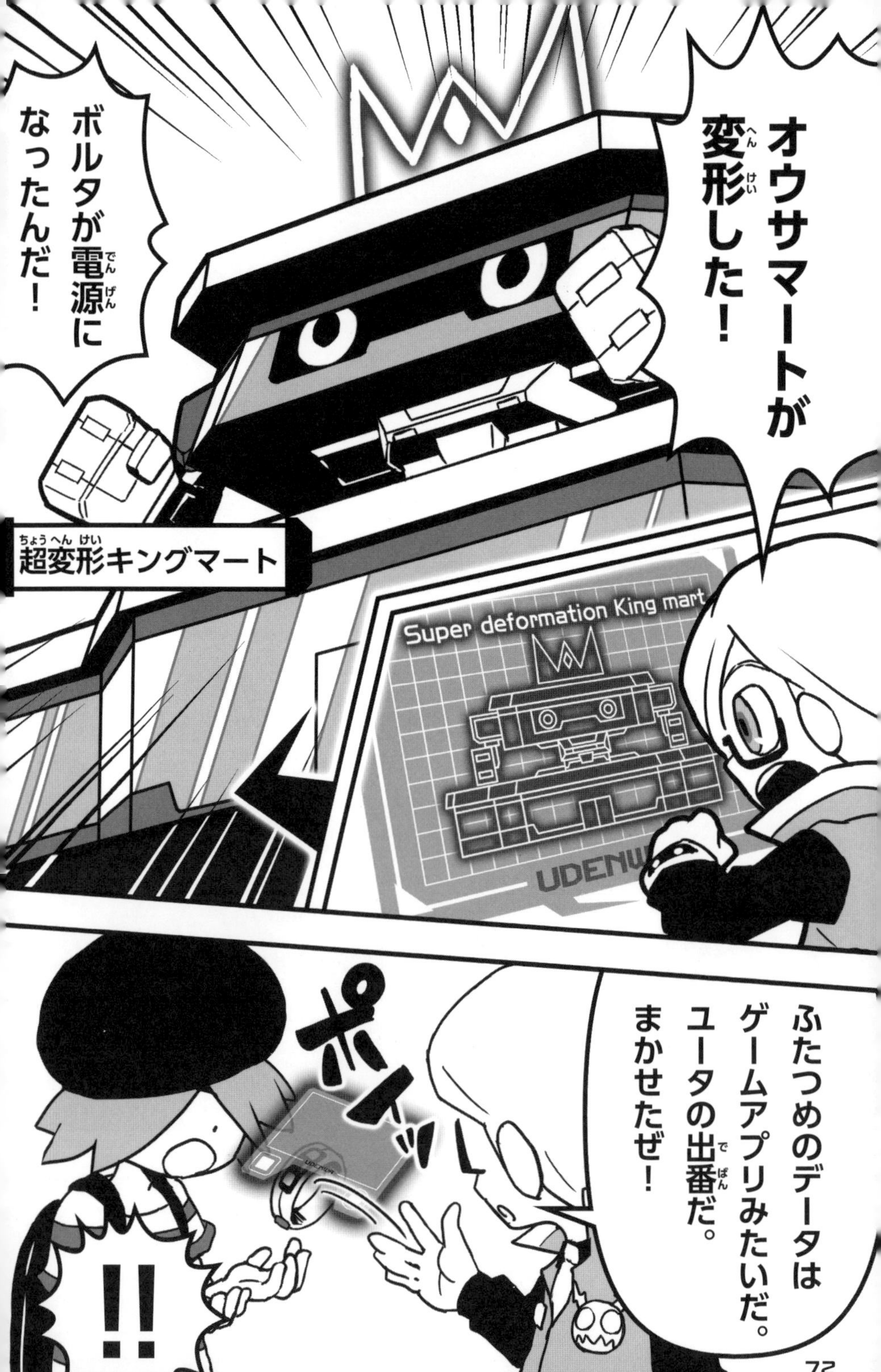
オウサマートが変形《へんけい》した！
ボルタが電源《でんげん》になったんだ！
超《ちょう》変《へん》形《けい》キングマート
Super deformation King mart
ふたつめのデータはゲームアプリみたいだ。ユータの出番《でばん》だ。まかせたぜ！
ポイッ
!!

ボルタはヒカル電池《でんち》だったみたい。だからボルタをつれてこいって……
えーー!
そうするとユータをよんだのはなぜだ……? あっ、もうひとつのボックスが開《ひら》いた!
パカッ
電《でん》気《き》が沢山《たくさん》あるようだな! すいとらせてもらうぞ!

!!
なんだ この素《す》早《ばや》さは
シュバッ
KINGMART
GIGAMARS
UDENWA
ピコ
ピコ
ヒカル、ジョン! 最高《さいこう》だね! このゲーム!
キングマート操作《そうさ》アプリ「ゲームコントローラー」
テレビ男《おとこ》のヤツ、キングマートをカスタマイズした上《うえ》にロボを操作《そうさ》するアプリをつくるなんて…くやしいが

操作《そうさ》はかんたんだけど攻撃《こうげき》ボタンはどれを押《お》せばいいんだろう？
テレビ男《おとこ》は「攻撃方法《こうげきほうほう》はひとつ」といっていた
設計図《せっけいず》にあったプラグのマークひょっとして…
ポチッ
これだ！

充電《じゅうでん》ブレイク！
ぬすんだ電《でん》気《き》は
返《かえ》してもらうよ！

ギュュュ
買《か》い物《もの》パネルの電《でん》池《ち》のマークがどんどん満《まん》タンになっていくぞ！
マーズの体《からだ》が小《ちい》さくなったワン！
今回《こんかい》はやられたがまたエネルギーを奪《うば》いにくるからな！

マーズは、フジミ神社《じんじゃ》から飛《と》んできたUFO《ユーフォー》に飛《と》び乗《の》って、火星《かせい》にかえっていきました。

　ヒカルたちがキングマートから出《で》ると、目《め》の前《まえ》にテレビ男《おとこ》がいました。

「マーズを追《お》い返《かえ》してくれて
　ありがとう。いずれまた会《あ》おう！」

そういいのこすと、画面《がめん》の中《なか》へ消《き》えてしまいました。

　それは、ヒカルがトンネルテレビにすいこまれる様子《ようす》ににていました。

お祭《まつ》りは無《ぶ》事《じ》に行《おこな》われ、フジミ商店街《しょうてんがい》には光《ひかり》がもどりました。そして、発《はつ》明《めい》クラブが電《でん》気《き》ドロボウという、うたがいも晴《は》れました。

ヒカルは晴《は》れ晴《ば》れした顔《かお》をしていました。

「こんどテレビ男《おとこ》に会《あ》うときは、もっとすごいガジェットを発《はつ》明《めい》して、おどろかせてやろう」

作・絵：栗原吉治（くりはら よしはる）

1975年東京生まれ。フリーランスのクリエーターとして、イラスト、グラフィックデザイン、玩具デザインの仕事に携わる。最近ではゲーム好きが高じて、インディーゲーム「Peko Peko Sushi」をリリース（企画＆ドット絵を担当）。自身の企画からの物作りが好きです。

本文デザイン：ニシ工芸（小林友利香）
装幀：栗原吉治

お手紙おまちしています
いただいたお手紙は作者におわたしいたします。
〒112-0005　東京都文京区水道1-9-2
岩崎書店編集部「ガジェット発明ヒカル」係

ガジェット発《はつ》明《めい》ヒカル　電《でん》子《し》怪《かい》人《じん》テレビ男《おとこ》あらわる！

発行日2018年10月31日　第１刷発行

著　者　栗原吉治
発行者　岩崎弘明　　編集担当 石川雄一
発行所　株式会社岩崎書店
東京都文京区水道1-9-2（〒112-0005）
電話03-3812-9131（営業）03-3813-5526（編集）　振替00170-5-96822
印　刷　三美印刷株式会社
製　本　株式会社若林製本工場

NDC913　ISBN 978-4-265-01441-5
Published by IWASAKI Publishing Co., Ltd. Printed in Japan

ご意見・ご感想をおまちしています。Email：info@iwasakishoten.co.jp
岩崎書店ホームページ　http://www.iwasakishoten.co.jp

GAME CONTROLLER
GIGA MARS